KB093306

힌트 없음

안미옥

힌트 없음

안미옥

PIN
030

차례

조망 9

아주 오랫동안 12

모자이크 16

애프터 20

모빌 24

점묘화 28

펭귄 섬에 있다 32

가장 마지막 수업 38

렌탈 테이블 42

기시감 46

해운대 50

조경사 ‖ 폴라로이드 ‖ 54

변천사 58

공 던지는 사람들 60
훼방 64
핀트 68
배우는 삶 72
그런 것 74
동력 스케치 76
마인드맵 78
파이프가 시작되는 곳 80
힌트 없음 84
미래의 시 90

에세이 : 후추 95

PIN

030

힌트 없음

안미옥

시

조망

깃털이 작게 날았다
그걸 본 사람이 있었다

얼음으로 된 절벽이 아니라고 해도
절망할 수 있다

끓고 있는 것이 무엇인지 모르는데
계속 끓고 있어서

벌레는 갉아 먹는다
제 몸이 될 것들을

안으로 들어가겠다고 생각할 때
바깥이 생겼다

나는 이제 꺼내놓을 것들을

꺼내놓는다

아주 오랫동안

믿었다

거울에 비친 얼굴이 내 얼굴이라는 것을

낮에는 낮
밤에는 밤의 속도로 시간이 자란다는 것을

쇠못으로 그림자를 떼어낼 수 있다는 것을*
빛을 꺾어 땅속에 묻으면
뿌리를 내린 빛으로 땅 밑이 환해진다는 것을

천사가 있다는 것을

천사의 손금은 깊고 복잡하다는 것을
크게 웃는 사람의 침대는 슬픔으로 푹신하다는

것을

계단은 발을 숨기고 싶어 하고
두껍고 무거운 문을 가진 사람일수록
문이 없는 척한다는 것을

그런 차가운 얼굴을

세상은 여름부터 시작되었고
꿈에서 힘껏 도망쳐 나온 방향에서 아침이 시작된다는 것을

거짓말이 발명되던 시기에 살던 새는
아침마다 울지 않을 수 없었다는 것을
벽은 새장이 열리는 소리로 가득하다는 것을

미래를 닮은 유리창이 있다는 것을
사람들이 맨발로 깨진 유리 조각을 밟고 서 있다

여러 겹의 얼굴이 겹쳐 흐를 때
믿고 있었다 오랫동안

사람이 사람을 낫게 한다는 말을

* 스티븐 킹, 『악몽과 몽상』

모자이크

동물원에 개는 없다
아무도 개를 동물원에 두지 않는다
개는 어디서나 볼 수 있기 때문이다

나는 개를 안고 동물들의 이름을 외웠다
악어 호랑이 사자 살쾡이 뱀 멧돼지 사마귀 아나콘다 말벌
이름은 무섭지 않다 마주하고 있지 않기 때문이다

실체 없는 것을 눈앞에 두고
무서워하기 내 오랜 버릇

아주 사소한 것으로 생각해보려 한다
잘 되진 않는다

어떤 사람은 평생 같은 말을 반복한다
보던 것만 보고 생각하던 것만 생각한다

펼쳐진 페이지 위 한 글자를
손가락으로 짚고 있다
가장 중요한 것이라고 믿는다

짚고 있는 손가락 때문에
페이지가 넘어가지 않는 것도 모르고

무섭다

미래를 반복해서 말하니까 미래가 진짜 있는 것 같다

"이건 제 삶의 전부입니다"

손가락으로 짚은 단어를 두고
그렇게 말하는 사람이 있다

놀이공원에서 풍선을 놓치고 돌아와
풍선이 자신을 버렸다고 생각하는 사람처럼
전부라고 함부로 믿어버리겠지만

매일 밤 손이 저려 잠에서 깨는 건
주먹을 꽉 쥐고 다녔기 때문
다시 잠들지 못하는 건
오랫동안 지속하던 것을 의심하지 않기 때문

나는 전부라는 거짓말을 믿지 않는다

애프터

밤이 깊다
이제 들어가자

네 앞에서 발길을 돌리며
밤이 깊다는 건 무엇일까 생각한다

나는 반복하고 끝내지 못하고

서랍장을 모두 열었다
숲에서 숲까지 가는 길을 모른다

밤에는 시소를 타야지

솟아오르는 일과
가라앉는 일의 깊이를 알게 될 때

빛은 제 몸을 비틀어
직선의 몸을 갖게 되었다
직선으로 깨지게 되었다

파편으로
빛을 경험하는 일처럼

도달한다는 것이
산산조각 나는 일이라는 것을 알게 되면서

나는 뛰어간다
나는 넘어간다

사람이 사람을 향해 복을 빌어주는 일을 배워서

너의 시간을 축복해야지

네가 어딘가에 도달할 때까지

너의 흰 재의 시간
마른 장미의 시간을

모빌

사람이 되고 싶어서
사람이 되고 싶다고 생각했다

유리잔을 통과하는 빛
빛의 갈래

사방으로 뻗어나가는 나뭇가지는
움직이지 않는 나무 기둥에서 태어난다

어떤 사람이 되고 싶냐는 물음 앞에 서면
뒤돌아서 입을 다물고
눈동자가 깊어지는 사람이 있었다

그렇게 한참 동안 있었다

사람이었는데
새장처럼 보였다

새장 문을 열어보았다
밖에선 보이지 않던 것을
볼 수 있다고 생각했다

다문 입안에서
끓고 있던 것

무엇을 보았는지 말할 수 없다
무엇을 보았냐고 물어보는 사람에겐
더더욱 말할 수 없다

천장에 달린 모빌이

바람도 없이 돌고 있을 때

태어났다고 말할 수 없어서
되었다고 말했다

사람이 되었다고

점묘화

접시에 완두콩 세 알 놓여 있고
포크로 완두콩을 집으려는 사람 있고

식사가 끝나지 않는다

선물받은 손목시계는 일주일 뒤에 멈췄다
새것이었는데
시계 수리공은 갈 때마다 자리를 비웠다

《잠시 자리 비움》
《잠시 자리 비움》
《잠시 자리 비움》

그게 내가 받은 선물

고장 난 것은 알게 한다
멈춘 시계가 두 번 맞아떨어진다

시간이 흐른다고 생각하면 지루하다
그래서 고장 나기 쉽게 만들어졌다

골똘히 바라보는 눈동자는 멈춰 있고
시계태엽과 톱니바퀴,
점점 더 작아지는 부품들

얼마나 더 작아지려는 것일까 나사는
손으로는 돌릴 수 없는 것

* * *

이 액자는 벽돌과 시멘트로 만들어졌습니다
이것을 벽으로 생각하는 사람이 많지요

차곡차곡 잘 쌓았다는 건 단단하다는 뜻일까요

누군가 내 어깨를 두드리며
좀 더 단단해져야겠어, 말하고 뒤돌아섰습니다

다정을 보여준다는 듯이
좋은 뜻을 가졌다는 듯이

테두리만 보는 사람
돌의 테두리, 접시의 테두리, 유리창의 테두리, 악수의 테두리, 미래의 테두리, 말의 테두리, 애정의 테두리, 성의의 테두리, 자기 자신의 테두리……

나는 뒤돌아선 사람 뒤에서
아주 작은 나사못을 손에 쥐고서
벽을 손가락으로 찔러보았습니다
푹 푹 잘 들어갔습니다

* * *

단단한 구슬과 딱딱한 구슬이 굴러간다

쪼개지고
쪼개지고
쪼개지면서

펭귄 섬에 있다

처음의 펭귄

처음엔 한 마리만 있었다
열심히 일하면 무언가 모이고 그러면 할 수 있는 것이 생긴다
펭귄의 일은 얼음을 깨는 것이다
무언가 다 모였을 때 펭귄은 고민했다
더 좋은 곡괭이를 살 것인가 또 다른 펭귄을 만들 것인가
둘이 일하는 것과 더 좋은 도구로 일하는 것
펭귄은 고민하느라
아무것도 사지 못하고 일도 하지 못했다

펭귄의 섬에
펭귄 한 마리가 그렇게 멍 때리고 있었다

이렇게 오래 고민할 줄 알았으면 얼음이라도 깨면서 고민할걸

그럼 지금쯤 펭귄도 사고 곡괭이도 살 수 있었을 텐데

이 생각에 미치자

펭귄은 더 무기력해졌다

지금까지 뭘 하고 있었던 것일까

이 허허벌판 얼음 섬에서

턱에 있는 끈

턱끈 펭귄은

턱에 끈 모양의 선이 있었다

언젠가 이 끈이 내려와
목을 조를 수도 있겠다고 펭귄은 생각했다

무서워하느라 진이 다 빠졌다
생각만으로도 녹초가 되었다

야 그거 그냥 네 얼굴이야
지나가던 펭귄들이 한마디씩 했다

그러나 털끈 펭귄은 도무지 믿을 수가 없었다
믿을 수 없는 말을 계속 들으니 화가 났다
이럴 시간에 얼음이라도 한 덩이 더 깨야 할까?
그렇게 고민이 시작되었고…… 시작되었고……
시작되었고……

견고하고 무거운 뼈

오늘도 펭귄은 두 날개로 수영을 한다
유빙 위에서 다이빙을 하고 재빠르게 돌아온다
날개에 낭만은 없다

그러니까 잘 모르면서
날개의 쓸모에 대해 다 안다는 듯 말하지 말아주길
바닷속을 날고 있다고 말하지 말아주길

(날개는 많은 것을 하게 하고……
잘 모르고 있던 많은 것을)

영하 89도의 펭귄들

여기서도 살아야 하니까 산다

시인의 말

얼음 깨고 있음

가장 마지막 수업

오늘은 희망에 대해 써보고
함께 읽어봅시다

침묵

빈 종이에 채워지는
글자들

희망은
아주 컸다
금세 사라졌다 뾰족했다
무채색이고 맛이 느껴지지 않는 것이었다
절절 끓는 물이었다 굴절되는 빛을 닮았다 끔찍했다
아주 단 무엇이었다

함께 모인 사람들과
다 같이 낭독하고 다 같이 들었다

희망은 참 심심한 것이다
잘 떠올리지 않는 단어다

낭독이 끝나고 사람들이 일어서려 할 때
대체 희망은 어디 있는 거지? 물음이 들려올 때

옆에 앉은 사람이 작게 말했다
희망은 가장 마지막에 있다고

가장 마지막은 어디일까 알 수 없어서
돌아가려던 사람들의 뒤통수가 무거워졌다

희망은 세탁기 안에 있다
나는 혼잣말을 하고

그때 우린 훼손이란 단어를 자주 썼는데
자신이 경험한 훼손에 대해서만 이야기했다
남을 훼손시킨 이야긴 하지 않았다

이제 가방을 챙기세요
사람들이 우르르 나가고

남아 있던 한 사람이 낭독을 시작했다
덜 닫힌 문이 조용히 닫혔다

희망은 모서리가 깨진 서랍장을

이사 때마다 버리지 못하고 끌고 가는 것
먹고 입고 사는 것
마지막을 만들면서 가는 것

빗소리가 들리는 것 같았는데
자동차가 지나가는 소리였다

그럴듯하게 들리는 것은
담지 않는다

렌탈 테이블

무엇을 지키려는 테이블일까. 무엇과 멀어지려는 테이블일까. 지나가는 날씨처럼 지나가는 개처럼. 나는 가로막혀서 온종일 내가 몇 개인지 세어보는 형벌의 이름.

1초
그건 고독의 뼈야
1초
그건 도망칠 때 생긴 스크래치

새가 되어볼까. 조각이 되어볼까. 빛이 부서지는 것을 보고 있으면. 부서지는 건 내 생각들이라는 걸 알게 된다. 테이블은 부서진 벽돌 가루 색. 빛에서 파도를 본다니. 그건 거짓말 같고.

이상하게

손을 겹칠 수 있다는 것
말이 번진다는 것
문 뒤에 다른 문은 없다는 것

믿고 싶은 것의 목록을 말하는 입이 부서진다. 꼭 본 적 있는 사람처럼 말하지. 내가 하는 핀잔들이 컵에 담긴다면. 한꺼번에 전부 마셔볼 수도 있을 것이다. 불투명한 물. 쌀알들. 휘휘 저으며.

세어본다

쌀알을 한 톨 한 톨 세면서 얼굴을 비우는 사람도 있다지. 세면서 선명해지고 세면서 비어가는 사람도 있다지.

얼굴의 절반은 허공. 허공을 볼 수 있었던 것은
사라지지 않고 비어버린 얼굴 때문이라는데.

들여다보면. 내 거울은 꽉 차 있었다. 내가 세려고 한 것들은 엉켜 있었다. 팔다리가 꼬인 채로 뭉쳐버린 빨래 더미처럼. 떼어낼 수 없어서 형체도 알 수 없는.

나는
1초. 오랫동안 삶은 밀고 나가는 무엇이라고 생각했고. 1초. 왜 한 방향의 질문만 갖고 있었을까 생각했고. 1초. 이제부터 삶은 밀려들어오는 것을 막아서지 않는 방식으로도.

가능하다. 가능하고 무섭다.

병에 걸린 나무가 서 있는 시간엔 가만히라는 말을 붙일 수 없다. 나무는 한 번도 가만히 있어본 적 없다.

기시감

어디선가 본 것 같다 자주 봤던 사람 같다

오래 붙잡고 있던 문장 같다

흩어진 미래의 파편처럼

유행처럼

아래로 더 아래로

내려갈 수 있을 것만 같다

어디선가 했던 생각 같다

고개를 끄덕이며 듣고 있던 말 같다

어렴풋이 기억하고 있던 목소리 같다

입을 꾹 다물고

누구에게 무엇도

말하지 않기로 결심한 사람을 보았을 때

입구에 있는 문을 열지 못하고

아주 오랫동안

손잡이에 매달려 있는 사람을 보았을 때

악몽이라고 하더라도 차라리

꿈속으로 걸어 들어가

모든 것을

아무렇게나

흐트러뜨리고 싶었다

몇 번을 돌려 본 영화인데

화가 나는 장면에선 어김없이 화가 났다

투명한 돌로 태어났구나

한 번도 진심을 가져본 적 없는

얼굴

벽을 부수려는 사람이

주위를 두리번거리다 마침내

움켜쥐었던 것

그런 돌로는 아무리 던져도 금이 가지 않는다

물컵에 가득 담긴 얼음

누군가 꽉 쥐었던 주먹 같은
아무 말도 하지 않는 사람의 눈동자

내가 지른 비명은
온통 내 것이라고 생각했는데

더러워진 손으로 눈을 만지면
흰자위가 붉게 부풀어 올랐다

해운대

그냥 되지 않는다는 걸 알고 있어 저절로 되지는 않는다 쌓는 것이 있고 허물어뜨리는 것이 있고

그리고 남는 것들
생겨나는 것들이 있다

이제 어디든 얼굴을
집어넣을 수 있다

바다가 근처까지 왔을 때
태풍이 온다고
사람들이 하는 말을 들었다

빗방울 하나가 떨어졌는데
태풍이 떨어졌다고 생각했다

파도는 어쩌다 유리 벽이 되었을까

아주 달라진 것은 아니지만
달라져버렸다

바다 한가운데
고립된 바위 위에서

숲이 자라는 걸 보는 일을 하면서
조금도 자라지 않는 숲을
오랫동안 지켜봐야 했던 사람처럼

곧 큰 파도가 칠 것 같다 그래서
파도에 갇혀 있는 사람에 대해

갇혀서 자라는 삶에 대해

말해본다
매일 흘러가고 흔들리는

물결의 입으로
물결의 손으로
물결의 발로

조경사 ‖ 폴라로이드 ‖

목이 휘어지는 중이다 휘어서 흘러가는 중이다 누가 피워놓은지 모를 연기처럼

나는 네 이야기를 듣고 있어

들을 때마다 조금씩 달라지는 이야기를

네가 가지를 전부 쳐낸 화분을 치워두고

가지를 네 앞에 그러모아 사람들에게 보여주었다

자 봐, 내 이야기를

이게 나야 이 가지들이 내게 어떤 고통을 줬는지 봐 내가 어떻게 용서하지 않는지

반복하고 반복하고 반복하는 시간 속에 나는 있어

반복 속에선 이유를 생각할 수 없으니까 그러니까 나는

잊지 못하지 계절도 반복되잖아

어제가 여름이었던 것을 잊고 가을이 되고 겨울이 되는 것처럼

너는 몸통에서 잘라낸 나뭇가지를 완전한 나무라고 불렀다
맥락을 지울수록 목소리는 분명해진다
분명한 건 위태롭다
쓰러진 거울이 전등을 비추고 있다고 생각하겠지만
거울은 전등을 보고 있었을 뿐
네 이야기가 다시 처음으로 돌아갔을 때 거기에
처음은 없었다
그렇게 다시 시작되는 처음이 있잖아 그건 전혀 다른 것인데
알면서도 같다고 말해
같아 똑같아 반복돼 끝나지 않아
시간이 눈을 가리고 귀를 막았다고 생각했지만 너는

그 안에 있겠다고 했다

말하고 말하고 또 말했다

소금이 짠맛을 잃을 때까지

뚝 뚝 손끝에서 물이 떨어진다

폴라로이드 사진을 햇볕에 꺼내놓았다

변천사

우리는 너무 많은 것을 공유했다
모래에 모래를 더했다

너의 얼굴이 커 보였다
나는 달팽이 껍질을 머리에 쓰고 얼굴을 가리고
있었는데
껍질은 얇아지고 몸은 물렁해져서
서 있던 자리에 주저앉았다

쏟아져버린 물

여기가 네 자리야
너는 자리를 마련해놓는 사람이었지

나는 자리에 앉는다 그래서

믿을 수 있는 사람이 되어본다

내가 아닌 것들은 아름다워서
있는 힘껏 내가 아닌 것이 되어본다

뜨거운 유리에 숨을 불어 넣으면
병이 되고 컵이 된다

의자 위엔
바싹 마른 투명한 자국

주위에 천사들이 너무 많아서
나무는 비틀린 채 자라고

내가 썼던 나만 지겹게 남아 있다

공 던지는 사람들

어떤 시인의 시에는 두개골이라는 단어가 자주 등장했다

두개골은 하늘과 땅의 뼈대가 되었다가
허기가 되었다가 조롱이 되었다가 엉킨 분노가 되었다가
벌레가 우글거리는 하루가 되었다가

밝은 낮이 되었다

그의 은신처에 도착해서 나는 어떤 틈을 발견하게 되었는데

틈은 발소리였고 무의미였고
작별의 인사였다

한 곡의 노래에 등장하는 가장 높은 음이었으나
정작 노래가 연주될 땐 들리지 않았다

있으나 드러나지 않는

한 사람은
그러니까라는 말을 자주 썼다 그것은 동조도 동의도 아니었다

나는 미래라는 말을 자주 쓰는 사람이 되고 싶었는데 내가 쓰는 미래는 언제나 과거에 있었다 마치 태어나는 일처럼

하고 싶은 말을 다 하지 못해서

구불구불 거대한 미로를 그리며 말하는 사람도
있었다 사람들은 그의 말뜻을 알아차리기 어려워했
는데

언젠가 한 사람이
그러니까 오른쪽 벽에 손을 대고
계속 걸어가면 결국엔 출구로 나갈 수 있게 된다고
아무리 복잡한 미로라도 그렇다고 알려주었다

나는 그날부터 생각하게 되었다 혼자서
미로 안의 모든 벽을 매만지고 있을 한 사람의
시간을
돌고 돌아 길을 되짚으며
종일 미로 안을 걷고 있을 한 사람을 그러면

몇천 년 전부터 일기를 쓰던 사람이
아직도 쓰고 있듯이

말을 하다가도
말을 멈추게 된다

훼방

안에 들어가고 싶어서 지붕을 쿵쿵 두드린다 벽에 구멍을 내본다 창문마다 표정을 담은 돌을 던진다 네가 안에서 영문을 몰라 누군가 자꾸 돌을 던진다고, 자꾸 지붕을 두드린다고, 구멍을 내려 한다고

공포처럼 그렇게라도

들어가고 싶다 들어가서 무엇이 되고 싶은지 잘 몰라도

내가 아주 큰 소리를 낼 때 너는 징조를 읽고 나를 오해하고 문을 더욱 꼭꼭 닫아두고 있어서 나는 더 큰 소리로

……이 집엔 곧 재앙이 가득할 거야 큰일이 일어날 거야 한번 재앙이 시작되면 멈출 수 없게 될 거야 그때 가서 어떻게 할래? 그런데 네가 들여보내준다면 내가 멈춰볼게 힘을 보여줄게 정말이야 내

가 할 수 있을 거야 나를 들여보내줘 도움이 될게

구름이 커지고 빗소리가 거세지듯이 오해가 번져가는 것을 나는 그대로 둔다

너는 말이 없고 표정이 없고 내가 문밖에 있는 것도 모르고
질문이 없고 대답이 없고
내가 아침마다 다정에 대해 떠올릴 때 너의 얼굴은 다른 곳에 있었다 내가 더 큰 소리로 겁을 주고 소리를 지르고 집을 흔들어도

흔들리지 않는
흔들리지 않는

얼굴

눈동자 하나 딱 맞게 벽에 낸 구멍에 얼굴을 대고 온종일 집을 흔들며 더 큰 징조와 어둠을 불러 모으며

……내가 도움이 된다면 그렇다면 그땐 곁에 있어도 되잖아*

떼를 쓰다가

이제 나를 볼 수도 들을 수도 없게 된다 해도 먼 옛날 사람에게서 처음 들었던 지혜로운 예언처럼

영원은 없다는 말을 이해해보려고

오직 단 하나의 문장을 주문처럼 외운다

나의 빛의 발의 서랍의 틈의 열쇠의 바닥의 소리

의 무자비의……

　쏟아질 듯이
　쏟아질 듯이

* 애니메이션 「나츠메 우인장」

핀트

손과 손
손에게서 가장 먼 손에게

말할 수 있지만
말하지 않는 것으로만 말하여지는
손에 대하여

숲에서
어둠에 묻혀 길을 잃은 나무의 표정으로

흔들리고 흔들리는 시간이
심장까지 가 닿았을 때

손이 덜덜 떨렸는데
쳐다보면

손은 그대로 있었다

뒤집어지고 있었다
뒤엎어지고 있었다

실패처럼
실을 손에 감고 있었다
묶은 것도 아닌데 풀리지가 않았다

가는 실뭉치가
갈수록 복잡해졌다

마주 앉아 손목을 엇갈리게 잡고 있는 두 사람은
한 사람이 손을 놓아도 끊어지지 않는다는데

사람들이 내 손목을 자꾸 놓쳤다

식탁에서
문턱에서

나는 점점 더 복잡해졌다

오랫동안 쉬지 않고 온 눈이 집을 무너뜨리기도 한다
오래 들었던 말이 나를 무너뜨리는 것처럼

배우는 삶

비틀어진 묘목을 봤는데 그냥 둔다 다음 날도 그 다음 날에도 본다 잎이 없어서 그늘도 만들지 못하는 나무다 금방 죽어버릴 줄 알았는데 살아 있다 살아 있으니까 계속 자라고 있다고 생각해버린다

우리 얘기 좀 할 수 있을까? 네가 묻는다 이야기를 다 하고 난 뒤에 더 울상이 된 표정으로 앉아 있다 들었던 이야기를 모두 잊어달라고 아는 척하지 말아달라고 나는 벌써 얼굴이 움찔거리는데

산책이 취미인 친구는 오늘도 방 안을 걷고 있다 오른쪽에서 오른쪽으로, 왼쪽에서 왼쪽으로, 모서리를 따라 걷고 있다 같은 자리를 돌고 있을 뿐인데 멀리서 보면 자신만의 법칙을 가진 사람으로 보이겠지

카페에서 커피를 마시고 있다 맞은편에 앉은 사람은 말한다 요즘은 어둠 속에만 있었어요 빨리 형광등을 갈아야 하는데…… 조명이 쏟아지는 카페에서 창밖을 본다 한번쯤 숨이 막혀본 것 같은 사람들이 거리로 쏟아져 나왔다

의자는 생각했다 자신이 왜 의자인지에 대해 몇 년째 골목길에 있었다 부서진 의자였다 아무도 수거해 가지 않아서 계속 생각할 수밖에 없었다

어디선가 읽었다
했던 말을 다시 하지 않기 위해 노력하는 사람은 자주 어지럽다

그런 것

밟으면 부서진다
가루가 남지 않을 때도 있다

필요할 때 주머니에서 꺼내
내겐 이런 것이 있었다
보여주는 용도로 자주 쓰인다

무엇이었는지 모르지만 그런 것이
있었다 선하고 깨끗하고 아름답고 착한 것이
안쪽 깊숙한 곳에
있었다 본의 아니게 잘 보이지 않지만
꺼내고 싶을 땐 언제든 꺼낼 수 있다

눈을 감고 손으로 더듬더듬 찾을 때
무언가 가루처럼 만져지는 그런 것

누구도 찌르거나

상하게 하지 않으려 했다는

불면 날아가고

너무 투명하여서 잘 보이지 않다가

위기의 순간에만 선명해지는

의도가 있었다

동력 스케치

많은 사람이 모인 자리에서 찾고 있다. 혼자가 된 방 안에서 찾고 있다. 사람이 다니지 않는 산책로의 벤치에 앉아 찾고 있다. 인공 연못을 본다. 운동하는 사람들의 뒷모습에서 찾고 있다. 지나왔던 길을 되짚으며 찾고 있다. 빛나는 문장이 적혀 있다는 책을 펼쳐 찾고 있다. 떠도는 그림자들을 붙잡고 물어본다. 버스 정류장에서. 횡단보도 앞에서. 어린 아이의 질문에서 찾고 있다. 있다는 확신 속에서 찾고 있다. 무관심과 무표정을 본다. 퉁명스러운 말투에서 찾고 있다. 어색한 호의에서 찾고 있다. 명언과 격언을 들으며 찾고 있다. 통화 목록에서 찾고 있다.

물고기 밥을 주고 나면, 손에서 물고기 밥 냄새가 난다. 그러나 어항을 헤엄치는 물고기의 벌린 입 안에는 없다. 매 끼니를 거른 적 없는 사람의 식탁

위에도 없다. 지하철 환승 통로를 걷는 행렬 속에도 없다. 부드러운 외투를 입은 사람의 움츠린 목 안에도 없다. 아이들은 뛰어간다. 불 켜진 집이 있다. 거기에도 없다. 일주일째 앉아 있는 책상 위에도. 모두가 웃고 있는 어릴 적 가족사진에도 없다. 두꺼운 기도문 속에도. 신호를 기다리는 사람들의 발밑에도. 잊지 않기 위해 붙여둔 메모들에도 없다. 희미한 음악 소리. 어깨를 두드려주는 손길에도 없다. 백 마디의 따뜻한 조언 속에도 없다. 울고 있는 목소리에도 없다.

마인드맵

개의 눈에는 나도 흑백으로만 보일 것이다
흑백의 구름 알약들

나는 자주 심지를 잘라야 했다
그을음을 줄이는 가위

공원에 앉아 있으면
겨울이 왔고 여름이 왔다

소리 내서 우는 연습을 해봐

무릎이 벗겨질 것처럼
울부짖는 법을 배워봐

구경꾼들은 구경하다 돌아갔다

울어야 한다고 생각하면

무엇과도

상관없는 사람이 되어 있었다

파이프가 시작되는 곳*

빛이 없고
소리가 없다

빛이 무언가의 흔적이라면
소리가 무언가의 바람이라면

빈집에 도착한 상자

욕조 바깥에서 욕조를 생각하는 것

너는 아무도 네 이야기를 들어주지 않는다고 생각했다
전봇대를 옆에 두고 혼잣말을 할 때도 아무것도 없다고 느꼈다 매일 밤 골목을 두리번거렸다 익숙해질 때까지

노력했으나, 노력한 만큼 되지 않았다

쏟아지지 못하고 쏟아지면서
고개를 들지 못하는 마음

욕조 안으로 들어가면 욕조가 보이지 않고
슬픈 것을 버리면 나를 놓을 수 없을 것 같아

머뭇거리게 만드는

빛이 없고
소리가 없다

영원히 살 수 없어서 좋았다

* 김정연, 『혼자를 기르는 법』

힌트 없음
—질문과 대답

어떤 장면에서 시작

뛰어들었다. 한 사람이 되었다. 주변에 많은 사람이 있었다. 소리 지르는 사람들이 모여서 누가 더 크게 소리 지르나 내기하고 있었다. 아니 꿈에서도 목소리가 이렇게 크게 들리나? 생각하고 또 생각했다.

갈 수 있고 갈 수 없고

갈색 숲은 갈 수 있고
푸른 숲은 갈 수 없다. 마음이 그렇다.

도망친다는 건

주머니에 구슬이 가득 있다. 검은색, 검은색, 검

은색. 다 버리고 싶다. 내 것이 아니라고 생각하고 싶다. (실제로도 내 것이 아닌데) 바지가 축축 늘어진다. 벗겨질 것 같다. 걸을 수 없는 것은 아닌데 걸을 때마다 소리가 난다.

다정한 손

다정은 약한 부분을 깨뜨린다. 찌르는 것과 비슷한 맥락을 가졌다. 다정을 잘 아는 사람들이 있다. 깨뜨리는 것인데 안아준다고 착각하면서.

다정의 방향에
다정의 다음을 두고 있나

보도블록을 까는 사람처럼. 빈 곳에 블록 하나를

깔아주고 금이 가면 바꿔주고. 다정은 그 정도만 필요하다. 누가 대신해줄 수는 없는 일. 이유 없이 부숴다가 깔았다가 하더라도. ……아무도 대신해줄 수 없다.

두드리게 되는 것

부서진 모래의 시작점. 시작점에 있는 것들은 덩어리가 아니라 매우 작은 알갱이로 되어 있다. 두드리고 두드리면 알갱이가 점점 커지거나 많아진다.

진짜 옆에 있는 것은 가짜가 아니다. 진짜 옆엔 아무것도 없다. 부를 이름이 부족해서 진짜라고 하는 것. 진짜는 무수한 다른 것들의 이름. 안으로 들어가면 넓고 깊다. 알게 된다. 커지는 알갱이. 많아지는 알갱이.

돌돌돌 말린
태양의 옆얼굴

옆은 빗나간 사선의 모양을 가지고 있다고 했다. 사람의 얼굴이었다가, 문장이었다가, 집이었다가.

책상 위에 놓인 포스트잇에 아주 중요한 단어를 적어두었는데 그게 무엇인지 도무지 생각이 나지 않을 때. 누군가 그것을 구겨서 변기에 버렸다. 그 사람이 내 옆에 있는 사람이다. 그 사람의 얼굴이 돌돌돌 말려 매일 나를 향하고.

꿈에서

피아노 치는 사람이 자꾸 찾아온다. 문을 두드린

다. 그러면 알 수 없는 선율이 집 안에 가득해진다. 어쩌지, 어쩌지 하면서 나는 문 앞을 서성이게 된다. 문 두드리는 사람이 울고 있는지, 웃고 있는지, 무서워하는지도 모르고. 이 문은 열어줄 수 없다, 돌아선다. 그러면

깨어나고 깨어나고 깨어나고 깨어나고
깨어나고 깨어나고 깨어나고 깨어나고
깨어나고 깨어나고 깨어나고 깨어나고

또 꿈에서

나도 내가 이해가 안 되는데.

자꾸 들리는 말

겪어야 할 일이면 겪어야 한다.

미래의 시

먼저 가 있을게

멀리 가서 보여줄게
거기엔 뭐가 있는지 앞으로 뭐가 필요한지
너희에게 이야기해줄게

다 같이 모여 앉아 듣는 곳에서
그 말을 듣고

노트에 필기했다
우린 전부 여기에 있는데 왜 시만 먼저 가?
여긴 어딘데

PIN
030

후추

안미옥
에세이

후추

*

기호품 중에 무엇을 이야기해보면 좋을까 생각했을 때 처음 떠오른 것은 조금 애매한 것이었다. 이를테면 가챠. 기호품은 아니지만 기호품이라고 우겨보고 싶은 것. 동전을 넣고 돌리면 무엇인가 나오는 것. 캡슐토이 머신.

합정역 교보문고 옆엔 가챠 기계들이 줄지어 있는 피규어 가게가 있다. 그곳을 발견한 이후 틈만

나면 2천 원, 3천 원짜리 가챠를 뽑아서 소확행의 시간을 보낸 적이 있다. 작고 귀여운 것을 보면 신이 난다. 무엇이든 할 수 있을 것만 같은 힘이 잠시 잠깐(!) 생긴다. 돌리면 나온다는 것도 귀엽다. 잠깐 정신을 팔면 소액이 쌓여 가산을 탕진할 수도 있다. 집에 알 수 없는 잡동사니 피규어가 많은 것은 그런 이유.

랜덤이라고 해서 내가 전혀 예상하지 못하는 것이 나오는 건 아니다. 예상 가능한 범주 안에서 무엇이 나올지 모른다는 게 가챠의 매력이다. 뜬금없는 우연이 아니라 취향이 반영된 우연의 묘미를 알 수 있으니까. 동전이 돌아가는 순간, 무언가 떨어지는 소리가 들리는 순간, 모르는 것을 여는 순간. 그 순간들을 좋아한다. 그것은 문장을 쓰면서 나의 구속을 넘는 새로운 문장을 만나게 될 때의 기분과 비슷하다.

돌리면 무언가 반드시 나온다는 것에 위안을 받던 시기가 있었다. 사는 일에선 아무리 돌려도 아무것도 나오지 않는다고 느끼게 되는 경우가 많으니까.

*

가챠 말고 다른 것을 생각하니 떠오른 것이 후추다. 요리를 즐겨 하는 편은 아니지만, 나는 거의 모든 요리에 후추를 넣는다. 한국인의 요리 필수품 마늘만큼 후추를 자주 사용한다. 후추 특유의 향은 모든 잡냄새를 잡아주고 음식을 더 맛있게 해준다. 맵고 뜨거운 맛이 있다. 야채를 볶거나 구워 먹는 것을 좋아하는데 양파나 버섯, 가지 등의 야채에 약간의 소금과 후추만 넣어줘도 풍부한 맛을 가진 요리가 된다. 작은 가루가 음식에 이런 역할을 해낸다니 어쩐지 멋지다.

인터넷에서 작고 예쁜 병에 든 통후추를 샀다. 가루만 담긴 일반적인 것과는 달리 검정, 빨강, 하양 등 색색의 후추 알맹이가 섞여 있고 입구에 그라인더가 부착되어 그때그때 갈아 쓸 수 있는 것이었다. 그리 비싼 가격도 아니었는데, 후추를 갈아 음식에 넣을 때마다 작은 호사를 부리는 기분이 들었다. 드륵드륵 후추가 갈리며 내는 경쾌한 소리가 음식 맛을 내는 데 꼭 필요한 것이라는 생각을 하기도 했다.

*

얼마 전 몇 명의 작업 메이트와 카페에 앉아 각자의 일을 하고 있었다. 나는 후추에 대해 검색했다. 후추에 대해 쓰려고 했으나 막상 아는 게 별로 없어서였다. 옆자리에 앉은 친구가 재밌어하며 물었다.

왜 계속 후추를 보고 있어?

후추에 대한 에세이를 쓰려고.

그러자 반대편에 앉은 친구가 말했다.

나 후추 좋아해! 나는 토마토 주스에도 후추를 뿌려 먹고, 맥주에도 뿌려 먹어.

그 얘기를 듣고 나는 약간의 문화충격을 받았다. 토마토 주스에?? 아니, 잠깐만. 맥주에 후추? 그러나 생각해보면 그 또한 잘 어울린다. 친구가 강력히 추천하기에 나도 한번 시도해보겠노라 하고. 그렇게 대화를 나누다가 각자 후추, 어디까지 넣어봤나 대토론의 장이 열렸다. 후추를 물에 타 먹는 사람도 분명 어딘가에 있을 것 같다.

후추에 대한 정보 중 가장 흥미로웠던 점은 후추의 수확 시기와 건조 방식에 따라 색이 달라진다는 것이었다. 성숙하기 전에 수확하여 건조시킨 것은 검은색, 과숙을 시키면 붉은색, 껍질을 벗겨 말리면 하얀색, 동결건조시키면 초록색. 그러니 후추의 색에 따라 맛과 향미가 다른 것은 어쩌면 당연한 일.

그라인더를 돌린다. 흑색, 적색, 백색, 녹색 동글동글한 후추 중에 어떤 것이 먼저 그라인더 홈에 들어가서 갈릴까. 생각해보니 가챠 같다.

*

후추라는 단어를 시에서 본 일이 있다. 이후로 나는 후추를 볼 때마다 그 시의 이미지를 떠올리게 되었다. 진은영 시인의 「점」이라는 시에 나오는 구절. "우주의 콧속에 떠도는 별의 후추씨".

*

사실 좋아하는 것은 많다. 그런데 각별히 좋아하는 것을 이야기해보라고 하면 어리둥절해진다. 그때부턴 내가 이걸 정말 좋아했었나? 하게 된다. 무언가를 한결같은 마음으로 좋아해본 경험이 별로 없는 것 같다. 좋아하다가도 무심해지기 일쑤고 어느 한 시기를 애정하며 보내놓고는 다시 찾는 일이 없게 되기도 한다. 싫어하는 것을 이야기해보라고 한다면 주저 없이 이야기할 수 있을 것만 같은데(그것도 막상 해보라고 하면 잘 못 할 수도……) 좋아하는 것이나 원하는 것에 대해 말할 땐 왜 이토록 망설이게 될까.

그것은 사람을 대하는 일에서도 마찬가지로 작용한다. 누군가를 좋아하고 더 친밀하게 지내고 싶은 마음을 뒤늦게 깨닫게 되는 경우가 많다. 최근에 알게 된 사실 중 하나는 내가 사람에 대한 초반 경계심이 강하다는 것이다. 누구나 경계심이 있겠으나 나는 좀 심한 편이라고. 그 사실이 나를 잠시 혼

들었고 슬픈 마음이 들게 했다. 왜 그토록 경계심이 강하게 되었을까 돌이켜 생각해보면 슬퍼지는 마음을 어쩌지 못하겠다. 그것은 사람이 사람을 경계해야 하는 존재로 생각한다는 것에서 오는 슬픔이기도 하고, 내가 지나온 한 시절이 떠올라 드는 슬픔이기도 하다. 삶의 어떤 고통들은 아픈 모양이 아니라 슬픈 모양을 가지고 있다는 생각을 하게 된다.

다 안다고 생각해도 모르는 것이 많고 적당히 안다고 생각했는데 구체적으로 생각해보면 내가 가진 감정이나 특성, 행동들이 내가 생각한 것과는 전혀 다른 이유를 가지고 있는 경우가 많다. 문장을 쓰는 일은 제대로 아는 일을 가능하게 하기도 하고 자신을 속이게 만들기도 한다. 무엇이 나와 세상을 더 알아가게 하는 방식인지 분별해서 쓰는 일이 사유하는 일로, 사유하는 일이 사는 일과 무관하지 않기를 소망하면서. 쓴다.

*

그런데 과거의 어느 시절로 다시 돌아가 슬픔 속에 있다 보면 갑자기 영화 「벌새」의 유명한 대사가 떠오른다.

"언니, 그건 지난 학기잖아요."

그럼 다시 정신을 차리고 내가 살고 있는 자리로 돌아오게 되고.

유년이나 과거에 어떤 일을 겪었기 때문에 지금의 내가 하는 행동들이 정당화되는 것은 아니다. 나를 이해하는 데 조금의 도움을 받을 수는 있으나 그 역시 완전한 것은 아니다. 그럴듯한 이유들이 현재에 대해 고민하고 생각하는 것을 방해하는 경우가 많다. 자기신화를 만들지 말며, 경계할 것. 현재는 계속 선택하며 사는 곳이다. 당연하다고 생각되는 행동을 할 수도 있고 안 할 수도 있다. 그래도 되는 당연한 것은 세상에 없다. 원인은 단순하지 않다. 그러니까 나 자신을 포함해 사람을 이해하는 일이 결코 쉬운 일이 될 수 없는 것 아닐지. 그러니 어떤 정당화와 뒤덮음 없이, 이해하려고 애쓰는 시간은 귀하다.

*

좋은 사람이 되고 싶다는 말은 좋은 후추가 되고 싶다는 말과 얼마나 다를까. 예전엔 무턱대고 좋은 것이라고 생각했던 어떤 단어나 문장에 대해 더 깊이 고민하게 된다. 위선은 아닐까. 그 문장이 나의 테두리가 되어 나를 가두고 다른 것을 보지 못하게 한 것은 아닐까. 그 테두리를 만든 것은 다른 누구도 아니고 나 자신이다. 매일 만들고 깨닫고 그리고 다시 부수면서 살고 싶다. 말에 갇히지 않고. 내가 옳다고 믿는 것에 함몰되지 않고. 쓰는 일이 그것을 조금은 가능하게 해주지 않을까.

다른 누구에게 좋은 사람이 아니라 나 자신에게 좋은 사람이 되면 된다. 사실 좋은 사람이 되지 않아도 된다. 차라리 좋은 후추, 좋은 달력, 좋은 컵이 되는 것이 더 좋겠다.

좋다는 표현이 사람에게 붙었을 때, 그건 건강하다는 뜻인 것 같기도 하다. 자신을 파괴하지 않고, 함부로 대하지 않고, 잘 돌볼 줄 아는 사람. 자신을 잘 돌볼 줄 아는 사람은 당연히 주변도 건강하게 한다. 그러니 얼마나 어려운지. 건강이란 말은 대체 얼마나 멀리 있는지.

*

희미한 것엔 어떤 힘이 있을까. 크고 우렁찬 목소리에 더 힘이 있을까? 확신에 가득 찬 목소리는 깨지기 쉽다. 자신이 얼마나 약한지, 깨지기 쉬운지 큰 소리로 알려준다. 나는 조용하고 강한 진동으로 흔들고 싶다고 자주 생각한다.

*

어느 날엔 시를 쓰는 게 너무 어렵다고 말하자, 친구가 물었다. 네가 지금 어떤 장소에서 뭘 하고 있으면 시가 잘 써질 것 같아? 나는 얼음으로 가득 한 남극의 이글루 안에서 불을 지피고 바닥에 구멍을 뚫어 낚시를 하고 있으면 시가 잘 써질 것 같다고 대답했다. 왜 그런 대답을 했는지 알 수 없는데 그날 이후 그 장면을 자주 생각했다. 그러다 수면 아래의 풍경에 대해 생각하게 되었다. 생각을 따라 나는 수면 아래로 계속 내려갔다. 그곳에 무엇이 있는지 보고 싶었다. 무엇이 있거나 무엇이 없거나 할 때, 나는 어디에 있는지. 어디서 무엇을 하고 있는지. 가장 아래, 가장 깊은 곳에 있다고 생각했던 어떤 것들이 정말로 거기에 있는지. 그게 무엇인지. 그것에 대해 계속 생각했다.

*

계속 쓸 수 있을까 자주 생각한다. 물론 생각한다고 해서 답이 나오는 문제는 아니다. 그런데도 그냥 한다. 어쩐지 그러면 계속 쓸 수 있을 것만 같기 때문이다.

그러나 계속 쓰는 것도 사실 중요한 문제는 아니다. 무엇을 쓸 수 있을지가 더 중요하다. 무엇을 쓸 것인지 생각하는 일은 어떻게 살 것인지를 생각하는 일과 크게 다르지 않다. 그러니 계속 질문할 수밖에.

요즘엔 질문보다 의문이라는 단어를 더 자주 쓴다. 질문은 나의 삶과 무관하게 할 수 있다. 호기심만으로도 가능하다. 그러나 의문은 나의 삶을 걸지 않고는 할 수 없다. 나와 무관한 방식으로는 어떤 의문도 가질 수 없는 것 같다. 그러니 시에서 필요한 것은 계속되는 의문 아닐지.

요리에 후추를 넣는 타이밍은 다양하다. 처음부터 넣을 수도, 중간에 넣을 수도, 마지막에 넣을 수도 있다. 넣는다는 것이 중요하다. 의문도 마찬가지일 것이다.

*

가장 불행했던 시기를 돌아보면 그때 내 생각의

중심은 '남들이 나를 어떻게 볼까'에 방점이 찍혀 있었다. 내 삶을 사는 것은 나 자신인데, 그 중심을 타인의 시선으로 채우고 있었다. 그것을 알고도 어떻게 해야 할지 몰라 한참을 헤맸다. 중심을 타인의 시선에서 나 자신에게로 옮기는 데 오랜 시간이 걸렸다(아직 진행 중이기도 하다). 다시는 그 시절로 돌아가고 싶지 않다. 시를 쓰는 시간은 그나마 내가 나를 들여다보려고 했던 시간이다. 그 시기를 통과할 수 있게끔 시 쓰기가 내게 많은 힘을 주었다.

나는 이제 '나'라는 프리즘을 통과한 부분을 세상의 전부라고 착각하며 살고 싶지 않다. 내가 어디와 연결되어 있는지 가지를 뻗어나가는 나무의 방식으로, 연결되고 확장되는 지점을 볼 줄 아는 사람. 그리고 그런 시를 쓰는 사람이고 싶다.

헌트 없음

지은이 안미옥
펴낸이 김영정

초판 1쇄 펴낸날 2020년 3월 30일
초판 6쇄 펴낸날 2024년 8월 1일

펴낸곳 (주) 현대문학
등록번호 제1-452호
주소 06532 서울시 서초구 신반포로 321(잠원동, 미래엔)
전화 02-2017-0280
팩스 02-516-5433
홈페이지 www.hdmh.co.kr

ISBN 978-89-7275-162-5 04810
978-89-7275-156-4 (세트)

* 책값은 뒤표지에 있습니다.

현대문학 핀 시리즈 시인선

001	박상순	밤이, 밤이, 밤이
002	이장욱	동물입니다 무엇일까요
003	이기성	사라진 재의 아이
004	김경후	어느 새벽, 나는 리어왕이었지
005	유계영	이제는 순수를 말할 수 있을 것 같다
006	양안다	작은 미래의 책
007	김행숙	1914년
008	오 은	왼손은 마음이 아파
009	임승유	그 밖의 어떤 것
010	이 원	나는 나의 다정한 얼룩말
011	강성은	별일 없습니다 이따금 눈이 내리고요
012	김기택	울음소리만 놔두고 개는 어디로 갔나
013	이제니	있지도 않은 문장은 아름답고
014	황유원	이 왕관이 나는 마음에 드네
015	안희연	밤이라고 부르는 것들 속에는
016	김상혁	슬픔 비슷한 것은 눈물이 되지 않는 시간
017	백은선	아무도 기억하지 못하는 장면들로 만들어진 필름
018	신용목	나의 끝 거창
019	황인숙	아무 날이나 저녁때
020	박정대	불란서 고아의 지도
021	김이듬	마르지 않은 티셔츠를 입고
022	박연준	밤, 비, 뱀
023	문보영	배틀그라운드
024	정다연	내가 내 심장을 느끼게 될지도 모르니까
025	김언희	GG
026	이영광	깨끗하게 더러워지지 않는다
027	신영배	물모자를 선물할게요
028	서윤후	소소소小小小
029	임솔아	겟패킹
030	안미옥	힌트 없음
031	황성희	가차 없는 나의 촉법소녀
032	정우신	홍콩 정원
033	김 현	낮의 해변에서 혼자
034	배수연	쥐와 굴
035	이소호	불온하고 불완전한 편지
036	박소란	있다